CW00321657

Les petites filles TOP-MODÈLES

Conception graphique : Marie Rébulard
Mise en page : Élodie Breda

Ce roman a fait l'objet d'une première édition en 2010,
dans la collection Livres et égaux.

ISBN : 978-2-36266-152-5
Loi n° 49-956 du 16 juillet 1949 sur les publications destinées à la jeunesse
Dépôt légal : mai 2016

Les petites filles TOP-MODÈLES

Clémentine Beauvais
Vivilablonde

CHAPITRE 1

Le bouton

I l est rouge.
Il est là.
Sur mon nez.
Le bouton.

Quand Vanessa l'a découvert ce matin, elle a fait :

– Oh là là ! Mais c'est quoi cette horreur ?

– Chépa, il a poussé pendant la nuit, ai-je dit.

– Si tu commences à nous faire de l'acné à onze ans, ma pauvre !

Genre c'est ma faute.

– Bon, t'inquiète pas, ma belle, je vais te faire disparaître ça en deux minutes.

Vingt minutes, en fait. Elle a sorti sa palette et ses pinceaux et m'a repeint la figure en tirant la langue. Elle a commencé par le plus facile – le blush, le mascara, les paillettes, le gloss – et puis elle s'est occupée du criminel. Le bouton est d'abord devenu blanc, puis il a viré couleur chair. Au bout du compte, on ne voyait plus du tout que j'avais un bouton. En revanche, on aurait dit que j'avais une bosse au bout du nez.

– Je ne peux pas faire mieux que ça, a dit Vanessa d'un ton dépité. Il est trop gros.

Elle est allée apprendre la mauvaise nouvelle à Frédo, le directeur photo, qui préparait les éclairages.

– De face, on va être obligés de la prendre de face, a dit Frédo en me regardant, super inquiet.

De profil, j'avais un peu l'air d'un éléphant de mer. Boris, le styliste, est venu me chercher avec une colonne de vêtements bien repassés. Quand il m'a vue, sa bouche a fait un O.

– Qu'est-ce que c'est que ce truc ?

– Un bouton, ai-je répondu.

– Un bouton !

Jusqu'à aujourd'hui, j'ai toujours été très sage. Je n'ai jamais pris un gramme de trop, mes cheveux sont restés blonds et je n'ai jamais eu de verrues. Le bouton, c'est une grande première. Ça a mis Boris de mauvaise humeur.

– C'est la nouvelle collection printemps-été !
a-t-il dit d'un ton accusateur.

– Désolée, ai-je dit de la part du bouton.

Il m'a donné une paire de leggings roses, une
robe blanc et vert, des bottes à talons blanches,
un chapeau de cow-boy blanc, un sac à main
rose, une écharpe verte, un collier rose et blanc et
un bracelet vert. J'ai enfilé tout ça en trois minutes
quinze secondes top chrono et, quand je suis
ressortie de ma loge, j'avais le style cow-girl tout
cachemire et dentelles qui fera rage l'été prochain
de Saint-Tropez à Saint-Jean-de-Luz. Et puis
Boris m'a tendu un fouet et un lasso et m'a prise
par la main pour me conduire au studio.

– Ah, la voilà, a dit Frédo en me voyant entrer.
Regardez, Angélina. Vous croyez qu'on devrait
annuler la séance ?

Angélina est la directrice de publicité. Elle est
grande, maigre et sèche comme un pique-
brochettes et ses cheveux sont gris acier, avec une
frange comme un rideau de fer. Elle a eu soixante

ans la semaine dernière mais sa peau est lisse, solide, sans ride. Ses gros yeux m'ont inspectée et puis elle a fait non de la tête sans qu'un seul cheveu de sa frange ne gigote.

– On n'annule rien. Trop cher.

– Mais le bouton…

– On règle l'éclairage, et on photoshoppe tout ça. Enfin, Frédéric, c'est votre métier, tout de même.

– Bien sûr, bien sûr, a dit Frédo.

Ses sourcils ont fait un accent circonflexe et il a regardé Monsieur Photoshop. Monsieur Photoshop, qui en vrai s'appelle David Leblanc, c'est le chef retouche photos. Quand je ne suis pas assez bronzée, il me bronze sur l'ordinateur pour le total look plage. Quand mes ongles ne sont pas tout à fait assez longs, il en copie-colle un bout pour une manucure impec. Monsieur Photoshop, c'est le magicien de la souris, mais jusqu'à aujourd'hui, il n'a jamais eu besoin de m'enlever un bouton du nez.

– *No problem*, Frédo, a-t-il dit. Ça prendra trois secondes.

Frédo a eu l'air rassuré.

– Bon, viens là, Diane.

Il y avait un poney qui s'ennuyait devant le fond bleu et deux ou trois pots de fleurs et un cactus.

– Comment il s'appelle ? ai-je demandé en caressant la crinière du poney.

– Qu'est-ce que ça peut te faire ? a dit Frédo. Allez, en selle.

Un technicien est arrivé de nulle part pour me poser sur le dos du poney, qui a fait la tronche.

– Penche-toi vers sa tête et souris… voilà… encore une… d'accord… alors maintenant lève la jambe vers l'avant… comme ça… très bien… OK c'est bon, fais semblant de cravacher le poney… allez, un peu d'énergie… lève les fesses… voilà… maintenant, salue avec ton chapeau… très bien…

Le poney avait l'air d'en avoir un peu marre. Les animaux n'ont aucune patience. L'année dernière, j'ai fait une séance avec un boa et c'était l'enfer, il ne regardait jamais la caméra, il ne s'enroulait pas assez autour de moi, et finalement Frédo a

jeté toutes les photos en disant que sa couleur n'allait pas avec celle de mon bikini. Les chiens sont plus coopératifs, mais ils bavent. Le pire, ce sont les oiseaux qui font caca partout.

   – OK, une heure de pause pendant que Diane se change !

Hop, j'ai filé au vestiaire. Boris m'a tendu le must du printemps prochain, la robe fifties à ceinture avec bottines et gants. Damien, le coiffeur, a sorti une énorme bombe de laque et m'a fait une coiffure ronde avec bandeau rouge et grosse frange. Et puis je suis repassée voir Vanessa qui a retiré les paillettes et le gloss et m'a étalé du khôl tout autour des yeux puis ajouté des faux cils et du rouge à lèvres à la Betty Boop.

– On voit encore le bouton, a-t-elle dit, un peu énervée.

Au studio, le décor avait à nouveau changé. Cette fois, c'était un coin de salon des années cinquante avec une énorme télé, un gros tapis et un fauteuil dodu. Il paraît que le passé, c'est la nouvelle mode, c'est lui qui a raison. « Plus on revient en arrière, plus on va vers l'avant », m'a dit Maman avant-hier en faisant la vaisselle.

– Tu t'allonges sur le tapis et tu bouquines, m'a crié Frédo pendant que le photographe reprenait son matériel.

Il y avait une grosse pile de livres et j'ai pris le premier qui m'est tombé sous la main, un bouquin de recettes de cuisine vintage avec un gros gâteau en couverture, et j'ai fait comme si c'était absolument génial, grand sourire et grands yeux et deux doigts sur les lèvres. La cuisine, honnêtement, c'est pas mon truc, mais dans le métier il faut souvent faire comme si. Flash flash flash flash. Et puis Angélina m'a fourré une poupée dans les bras et j'ai fait semblant de lui donner le biberon. Il paraît que les mamans qui achètent les vêtements trouvent ça trop mignon que leurs filles aient des bébés-poupées. À onze ans, si on n'est pas déjà une petite maman, c'est qu'on a raté sa vie.

– Ah, le voilà, a dit Frédo tout à coup. Salut, Jules. Va t'installer près de Diane.
Un garçon de mon âge est venu s'asseoir sur le gros fauteuil à côté de moi. Il portait un costume rayé et il avait plein de gel dans les cheveux. Un de ces garçons mannequins qui posent une fois de temps en temps et qu'on voit trois ou quatre fois dans un catalogue de quarante pages. Ici, on

fait aussi des vêtements de garçons, mais c'est loin d'être une priorité. Ce sont les petites filles qui ont besoin d'être bien habillées, en robe mérinos et sandales vernies, pour que leurs parents soient fiers d'elles quand ils les promènent. Les garçons, à la limite, on peut les fringuer n'importe comment vu qu'ils ne font que grimper aux arbres, se battre et jouer au foot. Et que, de toute façon, maintenant ou plus tard, ils n'ont pas besoin d'être beaux pour être au top.

Je ne dis pas que je suis d'accord, mais c'est la philosophie de la maison.

– Jules, tu prends le journal et tu fais semblant de le lire, OK ? a lancé Frédo. Mais attention, il faut qu'on voie ton visage. Diane, tu restes par terre et tu regardes Jules avec un sourire admiratif.

Flash flash flash flash flash. Trop top le look old school. Regarder les garçons avec un sourire admiratif, je sais très bien faire. La dernière fois, il fallait que j'admire un garçon-artiste-peintre, et la fois d'avant, un garçon-docteur-avec-stéthoscope.

   – Stop, on arrête, a dit la dame qui vérifie qu'ils ne font pas trop travailler les enfants.

Frédo, qui n'aime pas trop la dame en question, a fait une grimace.

   – Bon allez, a-t-il dit, tous à la cantine.

CHAPITRE 2

Une très grande nouvelle

J e suis l'égérie de la marque de vêtements de luxe pour enfants Rond-Point. Je suis aussi la mannequin junior number one des téléphones portables Phone4Kids, des parfums Fraise & Sucre et du géant du bricolage Bricafacile. J'ai tourné quarante-sept publicités depuis ma naissance. « Mmm, Maman, il est bon ton flan ! », c'est moi.

« Trop la honte d'aller à l'école si on n'a pas la colle Plastocol ! », c'est moi. « Un jour mon Prince viendra… si j'ai fait un gâteau au chocolat Monnat ! », c'est encore moi. À sept mois, j'ai été élue Bébé Beauté au concours Grenouillère-et-Gazouillis organisé par les couches Bébédoux. À dix mois, j'avais déjà trois mille sept cents euros sur mon compte en banque. Il y a trois semaines, j'ai été nommée Meilleur Espoir du Mannequinat Français, 9-14 ans. J'ai gagné loin devant Lucie Larvac et Saskia Parmentier, qui ont treize et quatorze ans et ont déjà tourné des pubs aux États-Unis ! L'année dernière, j'ai été mentionnée dans *Elle* dans un article sur les petites filles top-modèles :

Mais comment ces petites surdouées de la photogénie font-elles pour ne pas craquer sous la pression et pour suivre un cursus scolaire normal ? Du haut de ses dix ans, Diane Châtelain, l'une des mannequins junior les mieux payées de France, nous affirme qu'elle n'a jamais eu de problème pour jongler entre toutes ses activités : « Je fais de l'escrime et du violoncelle en plus de mes séances photo, et c'est parfois fatigant, mais je préfère me bouger plutôt que de rester chez moi à regarder la télé ! Et puis comme j'ai des horaires aménagés, l'école, c'est pas un problème – j'y vais tous les matins, pour avoir le temps de travailler l'après-midi. » Et l'argent, ça ne leur fait pas tourner la tête ? « Bof, l'argent, je n'ai pas le droit d'y toucher avant mes dix-huit ans, donc je n'y pense pas vraiment pour le moment », déclare la petite Diane. Une maturité admirable pour cette fillette d'une beauté stupéfiante, fine comme une liane, que l'on retrouvera sans doute dans dix ans au cœur d'une agence de mannequinat internationale.

À l'époque, je n'avais pas de bouton.

J'ai eu le temps de me débarbouiller avant de courir au réfectoire retrouver le reste de l'équipe. Quand je me suis installée entre Vanessa et Frédo avec mon plateau, ils m'ont dévisagée avec une sorte de fascination dégoûtée, comme si j'étais une lépreuse. J'ai vu mon reflet tout déformé dans la carafe en acier et c'est vrai que je n'étais pas au top. Je ressemblais au demi-pamplemousse posé sur mon assiette, dans le sens où on avait tous les deux une cerise confite au milieu de la figure.

– C'est l'âge ingrat, a dit Frédo.

– À onze ans, tout de même ! a dit Vanessa.

– Tu manges peut-être trop sucré, a fait remarquer Monsieur Photoshop juste en face de moi. Le sucre, ça donne de l'acné. Et puis, surtout, ça fait grossir.

Du coup, j'ai mangé mon pamplemousse sans sucre, en plissant les yeux comme si j'étais gravement myope à cause de l'acidité. « Grossir », c'est le mot tabou, le mot qui fait se hérisser les quelques rares poils oubliés à l'épilation. Dans le métier, grossir, c'est mourir. Quand je craque un élastique de culotte, j'ai des frissons dans le dos. Heureusement, mes parents font attention à ma ligne, une vraie brigade du régime à domicile. Avec eux, c'est carottes et cabillaud tous les jours.

Hors de question que je perde mon job pour quelques tartines de Nutella de trop. Ils veulent que je réussisse. Frédo a regardé mon bouton et il a murmuré :

– C'est vraiment pas le bon moment.

– Ce n'est jamais le bon moment pour avoir un bouton de cette taille-là, a dit Vanessa d'un ton docte.

– Oui, mais là… a dit Frédo, et puis il s'est interrompu. Angélina venait d'arriver et s'était assise à côté de moi dans un grincement, dégageant Vanessa sans ménagements.

– Diane, ma grande, a-t-elle dit de sa voix métallique. J'ai quelque chose d'important à t'annoncer.

– Je croyais qu'on avait dit que c'était moi qui allais… a dit Frédo.

– Ce que j'ai à t'annoncer, Diane, a continué Angélina en paralysant Frédo d'un seul regard, est une très grande nouvelle.

La dernière très grande nouvelle qu'Angélina m'avait annoncée, c'était que j'allais devenir l'égérie de Rond-Point. Elle était venue me chercher avec mes parents et mon agent de l'époque à la sortie de mon ancienne école à Amiens. Elle m'avait prise par la main. Mes parents avaient suivi, fiers comme des poux. Elle nous avait emmenés dans un restaurant extrêmement cher où j'avais mangé un filet de sole aux cèpes et bu une limonade au fenouil et à la fleur de sureau dans une bouteille de verre à l'ancienne. Et puis elle m'avait dit :

– Diane, ma chérie, cela fait deux ans que nous suivons ton parcours, et nous souhaiterions faire de toi la nouvelle égérie de Rond-Point, ce qui signifie que tu seras en photo dans tous les catalogues, dans tous les magasins et, en règle générale, dans toutes les campagnes de publicité de la marque.

À en voir mes parents, on aurait dit que j'avais reçu le Prix Nobel de chimie. Rond-Point, au cas où vous ne seriez pas au courant, c'est le top du top, des fringues en laine d'Écosse et en soie de Chine pour des enfants soyeux, des dentelles et des froufrous pour petites filles toutes douces. Un manteau là-bas coûte à peu près l'équivalent de trois semaines de nourriture pour une famille de quatre, d'après mes parents. Moi, avant, j'avais droit aux vêtements de mes cousins passés de famille en famille dans de grands sacs poubelles et à des basiques pas chers sur des cintres en plastique chez Auchan. Et là, d'un coup, j'allais récupérer les vêtements des photoshoots et mon armoire allait éclater sous la pression des mousselines et des plumes et des satins et des fanfreluches.

Bon, évidemment, ça voulait dire qu'il fallait quitter Amiens, mes copines, mon école et mon jardin.

– C'est le prix à payer pour réaliser ton rêve, m'avait dit ma mère.

Et ça tombait bien, mon rêve coïncidait pile poil avec le sien. J'avais signé le contrat et Rond-Point nous avait relogés, mes parents et moi, dans un appartement plus près de Paris.

– C'est quoi, la très grande nouvelle, cette fois ? ai-je demandé à Angélina.

– Eh bien, a dit Angélina en me broyant l'épaule en geste d'affection, j'ai reçu hier soir un coup de fil de Giulia Tosca, l'assistante personnelle de Luca Volpone. Tu sais qui est Luca Volpone ?

Si je sais qui c'est ? N'importe quelle mannequin est élevée pour aduler le LV de Luca Volpone, le créateur de mode le plus célèbre et le plus copié au monde. Ses sacs et ses vêtements font la une des plus grands magazines de haute couture toutes les semaines. Il a une boutique sur les Champs-Élysées avec deux tigres blancs et des mannequins vivantes en cage dans les vitrines.

– Bref, a dit Angélina, Volpone t'a repérée. Ou plutôt, son assistante t'a repérée. Elle t'a vue dans notre dernier catalogue.

– Et alors ?

– Et alors, elle est à la recherche de mannequins pour leur ligne de vêtements de luxe pour enfants. Et elle voudrait te rencontrer.

– Pour quoi faire ?

– Pour t'embaucher aussitôt que possible.

– Mais je croyais que mon contrat m'obligeait à rester chez vous jusqu'à la fin de l'année prochaine. Angélina a toussoté et Frédo a regardé ailleurs.

– Tu n'as pas besoin de, euh, de tout savoir,

Diane, mais Volpone nous proposerait un… un dédommagement considérable si ton contrat avec nous était interrompu.

Un *dédommagement considérable*. C'est quoi ce truc ? Ça se mange ?

– C'est quoi, un dédommagement considérable ?

– Ne t'en fais pas pour ça, ce ne sont pas tes affaires, a dit Angélina d'un ton sec. Ce qui te regarde, en revanche, c'est le voyage. Volpone est en vacances dans sa résidence secondaire à Venise. Si tu es d'accord, tu pars samedi prochain.

– Quoi, dans une semaine ? Mais on n'aura même pas fini les shootings…

– On les finira à ton retour, a répliqué Angélina d'un ton irrité, en chassant une mouche invisible. Ne t'occupe de rien, laisse faire les adultes, OK ?

– Oui, Angélina.

– On t'a réservé un vol Air France en business class à huit heures quinze samedi matin.

Je suis restée bouche bée.

Dans mon dictionnaire personnel, « si tu es

d'accord » n'est pas à la même page que « j'ai déjà réservé ton vol ».

– Attends, je ne sais pas, Angélina, lui ai-je dit. Je suis aussi sous contrat avec Phone4Kids et Fraise & Sucre et…

– Volpone les dédommagera aussi.

Dédommagera. Encore ce mot. Qu'est-ce que ça veut dire ?

– Mais moi je vous aime bien, toute l'équipe, ai-je ajouté. J'aime bien Rond-Point, j'aime bien…

– Ce n'est pas la question.

Ben si un peu quand même.

– Mais s'ils me prennent, je devrai aller vivre en Italie ?

– Assez de questions, a dit Angélina en se relevant. On en reparlera quand tu seras rentrée de Venise. Elle m'a regardée une dernière fois et a dit :

– Et en attendant samedi prochain, sois gentille, fais-moi disparaître cet immonde bouton.

Et elle est sortie du réfectoire, ses talons aiguille picorant le parquet, tic, tic, tic, tic.

CHAPITRE 3

Des sacrifices

Maman, c'est quoi, un dédommagement ?

– Un dédommagement ? Eh bien, par exemple, si le voisin fait tomber, je ne sais pas, un pot de fleurs sur ma voiture et qu'il casse le pare-brise, il va me payer un dédommagement pour que je fasse remplacer la vitre.

Pigé. Volpone a dû dire : « À propos, on va vous prendre votre mannequin. *Quel dommage !*

Allez, on va vous dé-dommager. Combien d'argent vous voulez ? »

On est dimanche, il est dix heures du matin et je me demande combien d'argent Volpone a proposé à Angélina.

J'ai peut-être seulement onze ans mais je m'y connais question argent. Il y a environ trente-cinq mille euros sur mon compte en banque et c'est sans compter ce que je vais gagner pour la collection printemps-été, c'est-à-dire dix mille euros supplémentaires. Je n'ai pas le droit d'y toucher, mes parents non plus, mais si ça continue comme ça, à dix-huit ans j'aurai une centaine de milliers d'euros sur mon compte. Sauf si je suis embauchée par Volpone, auquel cas j'aurai sans doute le double. Deux cent mille euros, c'est le prix de notre ancien appartement à Amiens que mes parents ont mis dix ans à finir de payer.

À côté de mon lit, il y a un grand miroir et, dans ce miroir, il y a mon reflet et le reflet du bouton. Le bouton est littéralement énorme. Il n'est pas seulement écarlate, il est aussi volumineux, il déborde de partout, il n'est même pas lisse, c'est, comme dirait ma prof de géo, un « relief accidenté », avec des creux et des bosses.

Il est vraiment très moche.

Ce matin, j'ai eu droit à un concert de conseils par mes parents angoissés, qui se sont souvenus d'un coup de leur adolescence acnéique.

– Vaporise du parfum dessus, ça va le dessécher.

– Non, non, il faut étaler du dentifrice dessus pour le brûler.

– Le désinfectant idéal, c'est le jus de citron.

– Moi, je les arrachais à coups d'ongle.

– Fais-le désenfler avec un glaçon.

Je n'ai rien fait du tout. Il est moche, ce bouton, mais il a quelque chose de fascinant. Je ne reconnais plus mon visage quand je me regarde dans la glace, et pourtant, mon visage, je le connais bien, il est en photo partout dans l'appartement, dans mon dossier de presse, dans mon book et dans pas mal de magasins. Mais maintenant, avec le bouton, on dirait que je me suis mis un nez de clown. Ce n'est plus du tout moi, ou alors c'est peut-être un peu plus moi que d'habitude.

Je me branche sur YouTube et je tape *luca volpone* dans le moteur de recherche. 12 590 000 résultats. Dont au moins deux cents interviews, on dirait. Volpone a une tête typique de créateur de mode. Il ne s'habille qu'en bleu et blanc, il a les cheveux longs et bouclés et des lunettes vintage. Il porte du mascara. C'est donc un génie.

Clic.

Journaliste : *C'est vous, Luca Volpone, qui avez relancé le corset. Un coup de génie, et un très grand succès. Dans toutes les capitales, les femmes retrouvent une taille de guêpe ! Qu'est-ce qui vous a inspiré ?*

Volpone, avec un accent italien à couper au *stiletto : Ah, mademoiselle, ce qui m'a inspirré, c'est bien sûrr les merrveilleuses grravurres de la fin du xixᵉ siècle. Ces femmes en forrme de sablier, ça me rravit, c'est d'une trrès grrande beauté, d'une trrès grrande délicatesse. Rrien de tel qu'un corrset pour mettrre en valeurr la poitrrine et affiner la taille. Grrâce au corrset, les femmes peuvent comprrimer leurrs bourrelets disgrracieux et rrester élégantes et désirrables.*

Journaliste, sur le ton de la plaisanterie : *Admettez cependant que ce n'est pas le sous-vêtement le plus confortable à porter.*

Volpone : *Ma chèrre mademoiselle, si vous souhaitez vous prromener en jogging et tee-shirrt, c'est votrre prroblème, mais tout le monde sait que les femmes sont bien plus belles quand elles font des efforrts. Pour êtrre à la mode, il faut fairre des sacrrifices.*

Des sacrifices. Vivre en Italie, quitter Rond-Point, ma nouvelle famille. Être sans doute payée le double, voire le triple. Ça pourrait être pire, comme sacrifice. Mes parents aussi ont dû faire des sacrifices, mais dans leur cas, c'était ne pas partir en vacances, ne pas changer de voiture, ne pas avoir de deuxième enfant.

Tout en regardant l'écran, je me gratte le nez et mon bouton éclate. Il y en a des choses là-dedans. Du pus, du liquide verdâtre, un peu de sang et de l'eau, tout ça sur mes doigts et sur l'écran de l'ordinateur.

Magnifique. Un coup d'œil dans le miroir. On ne dirait plus seulement que j'ai un bouton, on dirait que j'ai été sauvagement agressée.

Vu ma tronche, si Luca Volpone entrait dans ma chambre à cet instant précis, ça m'étonnerait qu'il me supplie de rejoindre son escadron de mannequins d'élite.

Lundi, à l'école, ma meilleure amie Suzanne est du même avis :

– Ma pauvre, t'as intérêt à faire disparaître ce truc avant de t'envoler pour Venise.

– C'est exactement ce qu'Angélina a dit.

– Tu m'étonnes ! T'as un shooting cet aprèm ?

– Oui, comme d'hab.

– Eh ben dis donc, j'espère que ce sera pour leur collection de chaussures !

Elle est comme ça, Suzanne. Ça fait cinq ans qu'on est meilleures amies, mais il y a des fois où je me demande pourquoi, très franchement. La première fois qu'on s'est vues, en CP, elle s'est jetée sur moi et depuis on ne s'est plus quittées. Je faisais déjà pas mal de photos, à l'époque, et elle a voulu m'accompagner aux castings. Elle n'a jamais été prise, ça l'a rendue un peu jalouse,

j'imagine. Mais au moins c'est une amie, enfin, une fille qui s'assied à côté de moi en classe. Les autres filles m'évitent. Les garçons ne m'évitent pas, ça, c'est clair, mais je n'ai pas le temps. Pas l'envie non plus.

Une fois seulement, j'ai dit oui à un garçon de ma classe qui m'avait invitée à goûter chez lui. C'était en CM1, il s'appelait Martin, il était fan de *Star Wars*, comme moi. On a mangé des gaufres au Nutella chez lui et ensuite on a regardé *Le Retour du Jedi*, c'était bien sympa. Je suis rentrée chez moi et, le lendemain, dans la cour de récré, j'ai surpris Martin et ses copains en grande conversation :

COPAIN 1 : Alors c'était comment avec Diane ? C'était chaud ou quoi ?

MARTIN : Trop chaud.

COPAIN 2 : Elle était à poil ?

MARTIN : Ah mais trop, carrément.

COPAIN 1 : Vas-y, mais tu l'as touchée ou pas ?

MARTIN : Grave, trop.

Depuis, Martin est parti en Suisse. Rien à voir avec moi, ses parents ont déménagé. Je le déteste moins qu'avant, mais un peu quand même. Moi, mon souvenir de ce goûter, c'est qu'on avait discuté de la parenté entre les Wookies et les Ewoks. Mais apparemment, on a vu les choses différemment.

Bref, Suzanne, c'est ma seule amie, en fin de compte, et on ne peut pas trop en demander quand on n'a qu'un seul exemplaire de quelque chose.

– T'as remarqué ?

– Remarqué quoi ?

Suzanne se met de profil.

– J'ai les seins qui poussent.

– Ah.

– Avec les seins qu'elle a, ma mère, les miens vont être énormes.

– Cool.

– Toi par contre, avec la mère que t'as, pas de risque que t'en aies de gros !

– C'est clair.

– Oh, mais avec tout ton fric, tu t'en feras faire des faux quand t'auras dix-huit ans, donc t'es tranquille.

Et elle se met à bouder.

CHAPITRE 4

Agathe Boisvert

J e ne sais pas si c'est la faute du bouton, mais je me sens différente.

Suzanne avait presque raison, ce matin. Quand je suis arrivée au studio, Frédo m'a regardée, a posé la main sur l'épaule de Vanessa en soupirant : « Pff, bon courage, Vaness' », et puis il m'a dit :

– Ça s'est pas amélioré, dis donc. Bon, on va faire les maillots de bain aujourd'hui, comme ça on verra moins ton visage.

Alors je suis passée au maquillage et Vanessa m'a repeint le corps à l'autobronzant en spray. La devise des maillots de bain de l'été prochain, si vous voulez tout savoir, c'est « Moins il y en a, mieux c'est ». Enfin, ça, c'est pour la ligne femme mais, comme d'habitude, la ligne petite fille est la même, en plus petit. J'ai d'abord mis un maillot une-pièce avec des trous ronds et carrés un peu partout. Et puis un bikini qui s'attache seulement derrière la nuque grâce à un système de mini-ventouses révolutionnaire et laisse donc le dos entièrement nu. « Idéal pour bronzer uniformément sans avoir à défaire les nœuds en permanence », dit le catalogue juste sous ma photo, où on me voit de dos, le bouton camouflé par l'angle de la caméra.

Bref, je me sens différente. Quand je suis arrivée au studio pour le photoshoot, je n'étais pas comme d'habitude – motivée, professionnelle, efficace et polyvalente, comme le dit la première page de mon book. Non, j'étais plutôt relax, pas très concernée, pas très intéressée, en fait. J'étais là, mais j'aurais tout aussi bien pu être au ciné, ou à la maison, posée sur mon lit à écouter mon iPod.

– Allez, un peu de dynamisme ! a crié Frédo. Ça fait trois fois qu'on refait cette prise, Diane, il faut qu'on te le dise en quelle langue ?

Je les aimais bien, tous les gens de l'équipe, avant le bouton. Et avant le *dédommagement considérable*. Maintenant, je ne suis plus très sûre.

– Dis donc, m'a dit Boris en me voyant en maillot, t'as grossi, là, non ?

– Non, j'ai rien pris depuis les vacances d'été.

– T'es sûre ?

Évidemment que je suis sûre. Je n'ai pas touché à quoi que ce soit de chocolaté depuis des mois, et Angélina me pèse toutes les deux semaines.

– C'est peut-être à cause du bouton, lui dis-je. Maintenant que je suis moche, tu veux me trouver grosse en plus.

– N'importe quoi, c'est ridicule, se défend Boris.

Pas si ridicule que ça, si vous voulez mon opinion. J'ai bien l'impression que l'attitude de l'équipe a changé depuis quelques jours. Avant, j'étais leur petite princesse, leur « nymphette », comme disait Vladimir, le vigile, quand j'entrais dans le studio. Et maintenant… maintenant, je ne suis plus irremplaçable. Je suis devenue *dédommageable*. Et boutonneuse.

Et si j'allais voir Angélina pour lui dire qu'il est hors de question que j'aille à Venise, que Luca Volpone, j'en ai rien à faire, qu'il peut garder ses sacs en cuir et sa ligne enfants tellement hors de prix que Madonna est la seule à pouvoir l'offrir à ses gamins ?

Angélina est dans la loge de Frédo. J'entends sa voix grinçante de l'autre côté de la porte. Qui d'autre dans la pièce ? Frédo… la voix basse et douce de Vanessa… quelqu'un d'autre que je ne reconnais pas, sans doute une assistante quelconque… ah, et puis Gaston Devienne, le responsable des contrats…

Je m'apprête à frapper, en maillot de bain au milieu du couloir (et on gèle, dans un studio, je peux vous dire), quand j'entends Angélina prononcer mon nom :

– Comment ça, « Qu'est-ce qui va arriver à Diane ? » Qu'est-ce que vous voulez qu'il lui arrive ?

La petite voix de Vanessa répond :

– Je ne sais pas, elle me semble… tellement jeune, pour partir comme ça.

– Des milliers de filles l'ont fait avant elle. C'est la loi du métier.

– Peut-être, mais… je dois dire, Angélina, que j'ai du mal à comprendre comment vous pouvez envisager de la laisser partir alors qu'elle est si importante pour l'image de la marque.

Frédo toussote. J'entends remuer à l'intérieur puis la voix crispante d'Angélina reprend, implacable :

– La marque n'a pas besoin d'une seule image. C'est vrai que Diane fait du bon boulot, mais elle n'est pas indispensable.

– Dans son domaine, c'est l'une des meilleures.

– Agathe Boisvert, ça vous dit quelque chose ?

Silence à l'intérieur. Silence de mon côté aussi, à part mes dents qui claquent tellement je suis frigorifiée.

– Non, dit Frédo. C'est qui ?

Zip de sac qu'on ouvre, froufrous de papiers qu'on manipule.

– Ah d'accord. Oui, je l'ai déjà vue quelque part. Elle pose pour qui ?

– Pour Copains-comme-Coton, entre autres. Elle n'a que neuf ans, répond Angélina. Ça fait un moment qu'on l'a à l'œil. À l'époque où on a embauché Diane, elle était trop jeune, mais maintenant…

– Vous voulez l'utiliser à la place de Diane, conclut Vanessa.

– Regardez-la, dit Angélina. Agathe est une petite fille moderne, dynamique. Elle a quelque chose. Diane est très belle, c'est incontestable, mais elle a un côté vieillot, vous voyez ce que je veux dire, elle manque de punch, de mordant.
Mon cœur pilonne mes côtes. Les bretelles de mon bikini tremblotent sur mon bronzage artificiel.

– Et puis, reprend Angélina, si elle commence à nous faire de l'acné, on n'est pas sortis de l'auberge. Sans compter qu'elle prend déjà de la cellulite, d'après Boris.

Un silence inconfortable s'installe pendant quelques secondes.

– Si je comprends bien, dit Vanessa d'un ton acide, vous êtes bien contents que Volpone vous ait fait une offre.

– C'est inespéré, en effet, répond froidement Angélina.

– Et combien…?

– Je ne parle pas d'argent avec les employés.

Vanessa se tait, Frédo ne dit rien, les autres restent silencieux et moi, grelottante, abasourdie, je retourne à mon vestiaire.

– Ben t'étais où? me demande Boris. On recommence dans un quart d'heure !

Sans blague.

Agathe Boisvert.
Une petite fille moderne, dynamique, pas comme moi qui suis vieillotte. Et boutonneuse.

La séance photo se termine, comme samedi dernier, avec un autre garçon-mannequin, qui porte pour l'occasion des bermudas à motifs hawaiiens, des chemises largement ouvertes et des lunettes de soleil ultra mode à grosse monture. Flash flash flash flash.

— César, tu regardes Diane en baissant tes lunettes... très bien... Diane, fais un peu ton air aguicheur, là... oui, super... maintenant vous entrez tous les deux dans la grande bouée… voilà, César, prends la main de Diane… très bien… Diane, un peu plus de sourire, steuplé…

Et puis je rentre dans le vestiaire, le moral dans les tongs, un bouton de la taille de Jupiter au bout du pif, des promesses de millions d'euros avec Volpone plein la tête et la découverte que je suis loin, très loin d'être irremplaçable.

Quand tout à coup, toc, toc, toc, fait la porte.

CHAPITRE 5

Olympe

La porte s'ouvre et dans l'encadrement s'inscrit la silhouette d'une fille de mon âge, brunette, cheveux courts, yeux noirs, oreilles pointues.

– Je peux entrer ?

– C'est déjà fait, réponds-je, sur mes gardes.

Elle me fait vaguement penser à quelqu'un, mais qui ? C'est sans doute une autre mannequin. On en voit défiler tellement que j'oublie leurs noms à toutes.

– Je m'appelle Olympe.

Aucun doute possible, cette fille est mannequin. Elle est fine et élancée, comme moi, elle a une dizaine d'années, comme moi, elle est très jolie, comme moi (sans vouloir me vanter), mais elle est en train de grignoter un Twix, pas comme moi, puisque c'est le genre de bonheurs auxquels je n'ai droit qu'une fois tous les trente-six du mois.

Je marmonne :

– Enchantée.

Elle vient s'asseoir à côté de moi. On est toutes les deux en jean et tee-shirt blanc comme si on faisait une pub pour Levis, à part qu'elle n'a pas de bouton et que moi j'en ai un, énorme, en plein milieu de la tronche.

Elle hésite un instant et puis c'est la révélation :

– Je suis la petite-fille d'Angélina.

La petite-fille d'Angélina. Je ne savais même pas que la Reine de la Nuit avait une descendance. Maintenant, je comprends d'où me vient cette impression de déjà-vu. Olympe a les pommettes

de sa grand-mère et le même port de tête. Mais elle a l'air mille fois plus abordable.

– La petite-fille d'Angélina, je répète bêtement.

– Je peux te parler une seconde ?

– C'est déjà fait, mais je peux t'accorder une prolongation.

Elle sourit puis reprend, plus sérieuse :

– Voilà. Il y a une ou deux heures, j'étais dans la loge de Frédo, avec ma grand-mère et puis Vanessa et un autre gars…

Alors c'était elle, la voix que je ne reconnaissais pas. Pas une assistante quelconque, non, c'était Olympe. Ils ont osé parler de moi en face d'une autre mannequin.

– Te fatigue pas, lui dis-je, j'ai tout entendu.

– Comment ça?

– J'étais derrière la porte et j'ai écouté.

– Ah.

Elle hoche la tête et gigote inconfortablement sur son siège. J'attaque :

– T'es déçue, hein, t'espérais être la première à

m'apprendre la nouvelle, c'est ça ? Elle me dévisage, l'air de ne pas comprendre.

– Qu'est-ce que tu veux dire ?

– Entre mannequins, on se comprend, lui dis-je en riant jaune. C'est toujours agréable d'entendre les adultes descendre une adversaire, hein ?

Olympe, les yeux écarquillés, remue la tête de droite à gauche.

– Je… je ne suis pas du tout mannequin.

Pas du tout mannequin. La petite-fille d'Angélina, jolie comme une poupée russe, n'est pas du tout mannequin. C'est cela, oui.

– Oh, ma grand-mère a essayé de m'y obliger, quand j'étais petite, mais ma mère n'était pas trop d'accord et moi je n'ai jamais marché. Ça l'a rendue folle, mais c'est le genre de choses qu'on ne peut pas forcer.

Du coup, je me sens idiote, alors je me tais.

Olympe continue :

– Et peut-être que toi, tu trouves ça agréable de… « d'entendre les adultes descendre une adversaire », mais moi je trouve ça super nul, tu vois. Alors je suis venue te voir pour te dire qu'ils ne méritent aucun respect, c'est tout.

– Tu veux dire que c'est moi qui ne mérite aucun respect. Je me fais traiter de vieillotte et je me fais remplacer comme ça, d'un coup, c'est pas très glorieux.

Olympe rit froidement :

– C'est marrant, c'est eux qui jettent leurs mannequins comme des chewing-gums et c'est les mannequins qui se sentent coupables. C'est incroyable comme ça fonctionne bien, en plus. On dirait que les filles sont programmées pour accepter toutes les critiques.

– Qu'est-ce que t'en sais ? dis-je d'un ton amer. Si tu n'es pas dans le métier, tu ne peux pas comprendre.

– Je n'ai pas besoin d'être dans le métier pour savoir comment ça fonctionne. Réveille-toi, ma grande, regarde autour de toi, tout est jetable : les chouchous, les chaussures, les boîtes de maquillage, et les filles, évidemment. Je peux te dire que j'en ai vu passer des filles, depuis que je suis née. Ma grand-mère est constamment à la recherche de nouvelles filles. Il en faut toujours des nouvelles, tu vois, parce qu'elles se périment vite. Elles vieillissent, elles grossissent, elles moisissent.

Ce que raconte cette Olympe ne me plaît pas du tout mais en même temps ses yeux noirs, pertinents, pétillent d'intelligence.

– Je sais tout ça, lui dis-je, je ne suis pas débile, c'est la règle du jeu.

– Mais ce n'est pas un jeu, réplique Olympe. C'est bien ça, le problème. Il y a tellement d'argent sur la table. C'est un business, Diane.

Tellement d'argent sur la table. *Un dédommagement considérable*, par exemple.

– Qu'est-ce que ça peut te faire ? Pourquoi tu viens me dire tout ça ? Tu crois que je ne suis pas déjà assez démoralisée ?

Olympe hausse les épaules.

– Je ne sais pas, ça me gonfle, c'est tout. Ça fait un bout de temps que j'observe ma grand-mère. Quand elle évoque ses mannequins, elle ne parle que d'argent, de cheveux, de tour de taille et de cellulite. Jamais de la fille elle-même, en entier, jamais de sa personnalité. Tout ce qui l'intéresse, c'est les mensurations et le rapport qualité-prix.

Je dévisage Olympe. Je sais tout ça. Je savais tout ça. C'était bien rangé dans un petit tiroir et ça m'énerve qu'elle le ressorte comme ça. Ça m'énerve, mais étrangement, ça me réconforte aussi.

– J'imagine que ces derniers jours, quand elle a parlé de moi, elle a parlé de mon bouton, lui dis-je en souriant.

– Bingo. J'en ai entendu parler, de ce bouton. Mais je dois dire qu'il dépasse tout ce que j'aurais pu imaginer.

– Merci, dis-je, hilare.

– De rien. C'est un honneur de rencontrer enfin ce bouton dont on m'a tant parlé.

La glace est brisée. L'agaçante Olympe et moi sommes mortes de rire, pliées en deux sur nos chaises.

Avant de partir, on a échangé nos numéros et ce soir, Olympe et moi, on s'est parlé au téléphone pendant une heure. Et demie. D'accord, deux heures. Et quart.

Agathe Boisvert. Sur Google Images, c'est un déluge de photos de mode. Agathe Boisvert à huit ans en robe de demoiselle d'honneur, Agathe Boisvert à neuf ans en paréo et bikini, Agathe Boisvert à quatre ans en costume de princesse, Agathe Boisvert à neuf mois en grenouillère de luxe. Elle a aussi sa page sur Wikipédia et elle est plus longue que la mienne. Un paragraphe attire mon attention :

CARRIÈRE CINÉMATOGRAPHIQUE
Agathe Boisvert jouera le rôle de Madeleine dans une adaptation du livre de la Comtesse de Ségur, Les Petites Filles Modèles, *qui sortira au cinéma fin 2017. Ce sera le premier rôle au cinéma d'Agathe, qui est déjà apparue dans de nombreux téléfilms, dont la série télé* Martine, *diffusée sur France 3 il y a deux ans, où elle incarnait l'héroïne du même nom.*

Pas étonnant qu'Angélina la préfère à moi. En plus d'être mannequin, elle est actrice. Aucune comparaison possible. Mais c'est marrant, moi je les ai lus, *Les Petites Filles Modèle*s et les *Martine*, et je n'ai pas eu l'impression qu'il fallait avoir l'air moderne et dynamique pour jouer les rôles principaux là-dedans. Non, en fait, ça serait plutôt ma définition de *vieillot*, si vous voulez mon opinion.

Hier soir, le bouton avait commencé à donner des signes de faiblesse, mais je l'ai gratté un peu trop fort, et, ce matin, il est de retour la fleur au fusil. *Dommage.* Encore plus rouge que d'habitude, le bonhomme. Sans blague, il fait la taille de la dernière phalange de mon petit doigt. Peut-être que j'aurais dû le laisser tranquille. Peut-être qu'il s'est infecté. *Dommage.*

– On ne peut pas travailler dans ces conditions.

– Vous n'allez pas me faire croire que vous avez déjà abandonné un photoshoot à cause d'un bouton, Frédéric.

– Mais regardez-le, Angélina ! Il est gigantesque, ce bouton !

– Photoshop, Photoshop, Photoshop, c'est pas

sorcier ! Enfin, imaginez que Kate Moss arrive au studio avec un bouton, vous n'allez pas la renvoyer chez elle !

L'équipe n'est pas très motivée, cet après-midi. Tout l'emploi du temps est chamboulé. On était censés faire les chapeaux, mais à cause du bouton, Frédo a décidé qu'on ferait les chaussures, les chaussettes et les sous-vêtements. Angélina a tempêté : grâce au dieu Photoshop, on ne verra rien du tout, alors pourquoi modifier le planning ? Réponse de Frédo : ça déprime toute l'équipe d'avoir à prendre des photos si mauvaises, à cause du bouton.

– Désolée, ai-je dit pour la vingtième fois.

Mais en fait, vous savez quoi ? Je ne suis pas si désolée que ça. Évidemment, j'ai « oublié » de leur dire que c'est un peu de ma faute si le bouton fait de la résistance, que si je ne l'avais pas tripatouillé avec mes mains sales, il ne serait peut-être plus là. Il y a des choses qu'il vaut mieux cacher à des gens qui vous paient 300 euros par heure de shooting.

À propos de shooting, il paraît qu'en anglais, ça veut dire à la fois « photographier » et « tirer un coup de feu ».

Je suis morte au moins deux cents fois cet après-midi. Et puis je me suis réincarnée en moi-même, jean et pull rouge, et Olympe est venue dîner à la maison.

CHAPITRE 6

Projets d'avenir

Mon grand-père m'a toujours dit qu'il y avait des coups de foudre amicaux. C'est comme des coups de foudre amoureux, mais ils durent plus longtemps et ils sont encore plus importants, parce qu'on sait qu'on va rester amis jusqu'au bout de la fin de l'univers, sur la même longueur d'ondes, sans problèmes de divorce ou d'enfants à garder.

Jusqu'à aujourd'hui, quand il me disait ça, je faisais «hmm hmm», genre pas concernée, parce que je n'avais jamais été foudroyée par l'un ou l'autre de ce type de coups.

Jusqu'à aujourd'hui seulement.

Jusqu'à Olympe.

Mon premier coup de foudre amical.

Quand j'ai décroché l'interphone, elle a fait :

– Allô bonjour, c'est le cirque Zavatta ? Je voudrais rendre visite à la clownesse !

– Entrez donc, chère petite ! lui ai-je dit en appuyant sur l'interrupteur qui ouvre la porte.

Elle est arrivée dans l'escalier en chantant « J'ai un gros nez rouge-eu » et quand elle m'a vue, elle a dit :

– Mademoiselle Diane de l'Acné-Persistante ! Quel plaisir de vous revoir, ma chère ! Et quel beau bouton vous avez !

– C'est un roc, c'est un pic, c'est un cap, lui ai-je répondu.

– Veuillez accepter toutes mes félicitations, Mademoiselle, pour ce ravissant ornement facial du plus bel effet.

– C'est la mode à Tombouctou, ma bonne amie.

– Ma chère, c'est le must de l'hiver. J'ai entendu dire que Naomi Campbell se damnerait pour avoir un tel bouton.

– Vraiment, mon amie, vous me flattez. Tout le monde n'a pas la chance d'avoir un si beau bouton, c'est vrai.

– Ah, si vous saviez à quel point je me désespère de mes propres boutons, qui sont loin d'avoir l'envergure, que dis-je, la prestance du vôtre !

– C'est le fruit d'un entretien quotidien, voyez-vous. Il faut d'abord retirer l'excès de pus, puis percer la croûte qui enveloppe la chose, avant d'arracher d'un coup...

– Oui, oui, je vous crois sur parole, ma chère, mais ne devrions-nous pas reprendre cette conversation *après* avoir dîné ?

Quand mes parents ont appris que j'avais fait amie-amie avec la petite-fille d'Angélina Lizard, ils ont sauté au plafond. Vous comprenez, ils ont sué sang et eau pour me faire entrer dans le métier. Dès ma naissance, ils m'ont traînée de casting en casting, de photoshoot en photoshoot. C'est la rançon de la gloire, ces heures de métro, le prix à payer pour voir sa merveilleuse enfant en couverture de *Milk* ou en poster au Bon Marché et, dix ans plus tard, sur les podiums des plus grands festivals de mode. Ils ont fait du zèle, mes parents. Mais il leur manquait une chose, une seule : du piston. Ils ne connaissent personne dans l'univers de la mode. Alors quand je leur ai annoncé que j'avais rencontré la petite-fille de l'impératrice de Rond-Point Publicité, ils ont fait un triple salto arrière.

Le piston, dans le métier, c'est aussi important qu'une dentition impeccable : c'est connaître les gens qu'il faut pour atteindre le plus haut niveau. Et là, avec Olympe, ils ont cru que j'avais décroché un super contact. Après dix ans de chasse à l'ami, après Suzanne la cruche, après Martin le vantard, j'avais enfin trouvé une copine cinq étoiles.

Mais bizarrement, leur opinion a légèrement changé au cours du dîner, quand ils ont commencé à interroger la petite-fille en question :

– Alors toi aussi, Olympe, tu rêves d'être mannequin professionnelle, comme Diane ?

– Que dalle, a répondu Olympe. Tu parles d'un rêve !

Maman : bouche bée. Papa : sourcils en arcs de cercle.

– Mais c'est un métier magnifique ! a dit Maman. N'est-ce pas, ma chérie ?

– Gnn, j'ai gnné.

– C'est le top du top, a repris mon père très sérieusement. Diane a beaucoup investi dans son rêve, tu sais.

– Ça ne m'étonne pas, a dit Olympe. Quelle carrière ! S'affamer jusqu'à vingt-cinq ans et ensuite, le chômage.

Horreur et décomposition autour de la table. J'en ai un peu rajouté, pour voir :

– C'est marrant, vous dites toujours « mon rêve », mais c'est plutôt le vôtre, de rêve, en fait. Parce que moi, à six mois, je rêvais surtout de biberons, quand vous me preniez en photo sous tous les angles. Silence de glace.

Puis voix de Papa, baryton-basse :

– Qu'est-ce qui te prend, Diane ? C'est la crise d'adolescence, c'est ça ?

Maman s'éclipse à la cuisine, son domicile depuis vingt ans.

– C'est depuis que t'as un bouton que tu te permets de nous parler sur ce ton ?
Peut-être.

Après le dessert, un sorbet bien givré dans une ambiance tout aussi refroidie, on est allées dans ma chambre jouer à *Qui est-ce ?* puis au *Monopoly* puis à *Puissance 4*. Ensuite on a regardé des vidéos délirantes sur Internet et des extraits d'*OSS 117*. On a les mêmes références, Olympe et moi, pas comme avec Suzanne qui ne jure que par *Gossip Girl*. Après, Olympe s'est octroyée mon lit et moi je me suis affalée dans un pouf.

– Alors, tu vas y aller ?

– Où ça ?

– *Venezia, baby.*
J'ai haussé les épaules.

– Pas le choix.

– Ah ah ! Tu n'es pas si ravie que ça, alors ?

71

— C'est juste que, ai-je dit en me redressant, c'est juste que je ne sais pas trop, tu vois, ce que je *vaux*.

— Très cher, a dit Olympe.

— Pas en termes d'argent, en termes de mannequinat. Je me dis que si Rond-Point est prêt à me lâcher à la première opportunité, qu'est-ce qui me prouve que Volpone ne fera pas la même chose l'année prochaine ?

– C'est même presque certain, a dit Olympe.

Silence.

– Rassure-moi, a-t-elle dit en ébouriffant ses cheveux, tu ne prends pas le métier sérieusement, hein ? Tu ne *rêves* pas vraiment de devenir mannequin à temps plein ?

– Oh, non, non, je fais ça pour l'argent, c'est tout, ai-je répondu.

Mais en fin de compte, je n'en étais pas si sûre. L'argent, d'accord, mais aussi les photos. Ce n'est pas rien de se voir en photo, trop belle, en vêtements de luxe, à chaque page d'un catalogue. Et puis... et puis d'entrer au studio, d'être traitée comme une princesse, de se faire maquiller, de se faire coiffer, de se faire habiller.

Et puis de se faire jeter.

– Tu veux faire quoi, toi ? ai-je demandé.

– Chépa, peut-être une école d'architecture. Et toi, tu vas faire quoi, avec tes millions, quand t'auras dix-huit ans ?

Jusqu'à récemment, j'aurais dit « oh, je m'achèterai

une maison, des fringues, des bijoux et un setter irlandais ». Mais là, je ne sais pas ce qui m'a pris, j'ai répondu :

– Je voudrais voyager.

Première nouvelle. Je ne le savais même pas moi-même, honnêtement.

– Cool. Où ça ?

– Partout, a dit la voix libérée par ma gorge. Je voudrais aller au Congo pour voir les derniers gorilles, en Norvège pour voir les fjords, sur l'île de Pâques pour voir les statues, et en Belgique pour manger du chocolat à la pâte d'amandes.

Ma bouche s'est remplie de salive. Du chocolat à la pâte d'amandes, comme celui que me donnait ma tante Léonie quand ma carrière était encore incertaine, quand mon avenir ne dépendait pas de mon apport en calories.

– Super, a dit Olympe. Je viens avec toi.

– Youpi. À dans sept ans, alors.

– Sept ans seulement ! Faut que je me dépêche de faire ma valise.

– Zut ! En parlant de valise, faut que je fasse la mienne pour Venise.

Je me suis extirpée de mon pouf. Qu'est-ce qu'on emporte quand on va rendre visite à l'un des plus grands stylistes du monde dans l'espoir de devenir sa nouvelle mannequin ? J'ai sorti une ou deux robes de mon armoire, pas motivée.

– Tu ne vas pas mettre ça, j'espère, m'a dit Olympe.

– Pourquoi pas ?

– T'as vu comme c'est décolleté ? Et c'est dos nu !

– Et alors, ça te gêne, Eugène ?

– Sur une James Bond girl, non, mais je trouve ça ridicule sur une fille de onze ans.

– C'est parce que t'as pas de style.

– Non, c'est parce que t'as pas de seins.

– Comment… ? ai-je hoqueté, outrée.

Elle s'est relevée et m'a pris les robes des mains.

– Ça n'est pas contre toi, c'est juste que c'est absurde de te donner ce genre de fringues. Tu as envie de te sentir sexy à onze ans ? Moi pas. Les mecs malsains qui matent les filles de notre âge en bikini et minijupe, personnellement, c'est pas mon truc.

J'ai jeté un coup d'œil à une photo de moi que j'ai encadrée au-dessus de mon lit, l'un de mes premiers shootings chez Rond-Point. Je suis là, tout sourire, maquillée comme une voiture volée, en robe de soirée ultra décolletée, rouge et toute miroitante de paillettes et de strass, une coiffure délicate, des chaussures à talons noires et des gants de soie blanche, un collier interminable en perles véritables, et un petit sac noir suspendu à mon coude. J'ai l'air de quoi ? D'une femme fatale ? Non, d'une fille de neuf ans fringuée super bizarrement. On devine mon ventre de bébé sous la robe. On voit un mollet tout potelé et le décolleté ne fait aucune bosse, évidemment. En y réfléchissant bien, cette photo a quelque chose d'étrange, de désagréable, de pas normal. C'est comme si on avait habillé un chiot en costume de catcheur, ou un bébé en string et soutien-gorge. C'est bizarre, c'est tout.

Quand Olympe est partie, j'ai sorti les deux robes de la valise et je les ai remplacées par mon pantalon préféré et une tunique brodée.

CHAPITRE 7

Pense au mariage

Bonjour, bouton. Tu vas bien ce matin ?
Ça va, ça va. Tu m'as encore gratté hier,
sale gamine.
Désolée. Dis donc, t'es toujours aussi moche.
Je serais parti si tu ne m'avais pas gratté.
C'est vrai ?
Oui. C'est de ta faute si je reste planté là. T'arrêtes
pas de me réinfecter.
Oups.
Dommage.

LES PETITES FILLES TOP-MODÈLES

– Il est toujours là, ce bouton ? C'est incroyable !

– Ouais, c'est un dur.

– Demain, je demande à une dermato de venir au studio t'enlever cette horreur.

Non non non non non non...

– Quoi ? Mais pourquoi ? Je t'assure, Angélina, c'est pas la peine, il faut juste attendre qu'il parte.

– Attendre ? Attendre jusqu'à quand ? On est mercredi, je te ferai dire ! Dans trois jours, tu pars pour Venise !

– Oh, Volpone ne va pas faire le difficile pour un petit bouton...

– *Un petit bouton* ? Diane, tu as vu ta tête ? Tu es hideuse !

– Angélina, enfin ! la reprend Frédo, outré.

Angélina se mord la lèvre.

– Non, enfin, tu n'es pas hideuse, c'est ce bouton qui est infâme, c'est tout.

Elle a l'air énervé quand elle repart vers son bureau. Il paraît qu'elle n'était déjà pas ravie qu'Olympe lui annonce notre amitié, alors là, c'est la goutte d'eau. Je ne suis pas télépathe, mais c'est facile de deviner à quoi elle pense. Chacun de ses pas dans le couloir clame à la ronde « Elle va tout faire rater, cette idiote ».

Je me dirige vers mon vestiaire en chantonnant, pas concernée. Angélina, je ne l'ai jamais aimée. D'ailleurs, en y réfléchissant bien, je ne sais pas vraiment si j'aimais bien le reste de l'équipe. Ils ont toujours été adorables avec moi, ils m'ont toujours dit que j'étais ravissante, mais ça ne suffit pas comme définition du verbe aimer.

– Oh pardon !

Au détour d'un couloir, je suis entrée en collision avec une autre fille.

– Pardon ! Je… euh… je suis un peu perdue, on m'a dit de venir ici, mais, euh…

C'est Agathe Boisvert. Aucune erreur possible avec ces yeux-là, avec ces cheveux caramel et cette peau blanche, ultra blanche, tellement blanche qu'on voit des veinules violettes le long de son cou par transparence.

– Qu'est-ce que tu cherches ?

– On m'a dit de venir voir Mme Lizard.

– Angélina ? La dernière fois que je l'ai vue, elle marchait très vite dans le couloir, l'air furibard.

– Furibard ? Pourquoi ?

– À cause de mon bouton, lui dis-je en pointant obligeamment mon index en direction de la chose.

Agathe me dévisage un instant, puis s'exclame :

– Tu ne serais pas Diane Châtelain ?

– Bingo. Et toi, tu dois être Agathe Boisvert, ma remplaçante.

Rouge framboise, elle regarde le plancher.

– Désolée, me dit-elle. Angélina m'a dit au téléphone que… que tu allais être embauchée chez Luca Volpone mais quand même, ça me gêne…

Elle a l'air sympa, cette fille. Douce et pas compliquée, pas comme Saskia Parmentier qui est une vraie langue de vipère, ou tant d'autres filles que j'ai rencontrées sur les plateaux de tournage ou les séances photos.

– T'en fais pas, je lui dis avec un sourire olympien. On est interchangeables, c'est ça, le métier. On est des accessoires, finalement, pas des stars.

– C'est vrai, répond Agathe en me regardant dans les yeux. On le sait, mais c'est dur.

– Oh, je ne parlais pas pour toi. Toi, tu es l'étoile montante, pas vrai ? Cinéma, photo… À quand ton premier single ?

Agathe éclate de rire.

– C'est pas si glorieux que ça. Tiens, figure-toi que je devais jouer Brigitte Bardot jeune dans un film biographique et, au dernier moment, ils m'ont remplacée par Lilou Leblond.

– Quel dommage ! L'occasion de ta vie : l'enfance d'un méga sex-symbol !

Elle se renfrogne :

– J'aimerais bien jouer des rôles un peu intéressants. La Comédie Française a fait des auditions pour le rôle de Miranda, dans la pièce de Shakespeare *La Tempête*. Mais il paraît que je suis… euh… « trop belle ».

Bizarrement, ça ne me fait pas rire. Il y a quelque chose dans sa voix de triste et de cassé.

– Désolée, lui dis-je.

– C'est comme ça, dit Agathe en haussant les épaules. Peut-être qu'un jour...

– C'est quoi, ton rêve ?

Elle fait un sourire gêné et devient encore plus rouge.

– C'est de jouer Hamlet.

– Hamlet ? Mais c'est un mec !

– Et alors ? C'est le plus beau rôle de toute l'histoire du théâtre.

Note : lire Hamlet.

– Qu'est-ce que vous faites là toutes les deux ? Angélina vient de nous découvrir ensemble. La dame de fer blanchit à vue d'œil.

– On discute, réponds-je. Je fais connaissance avec ma remplaçante.

Les yeux d'Angélina se plissent, elle gigote, l'air embarrassé.

   – Bon, Diane, file dans ton vestiaire. Agathe, ne reste pas plantée là, on ne t'a pas dit où était mon bureau ?

On a juste le temps d'échanger nos numéros de portable avant qu'Agathe ne s'éloigne dans le couloir, à la suite d'Angélina.

Un garçon-mannequin lambda entre dans le studio photo à seize heures trente, habillé en prince charmant avec tout l'attirail. Épaulettes, épée, heaume, collants violets et cape de velours, sans oublier son fidèle destrier, le même poney que l'autre jour, qui a l'air aussi maussade que la dernière fois, et que l'on a recouvert d'un plaid ornementé pour l'occasion.

Moi, princesse Raiponce dans ma tour de pierre (ou plutôt de carton-pâte), je me morfonds en robe à crinoline, une interminable tresse de cheveux blonds dégringolant le donjon jusqu'à mon sauveur. Aujourd'hui, c'est la séance « costumes ».

Oui, chez Rond-Point, on fait des déguisements – mais attention, du très haut de gamme. Il faut débourser plusieurs centaines d'euros pour la panoplie complète « Galaad » que mon chevalier blanc arbore à présent et deux cents euros rien que pour la robe « Demoiselle en Détresse » que j'ai l'honneur de porter, sans compter le diadème en cristal Swarovski et, bien entendu, la paire de pantoufles de vair.

– Paul, tu brandis ton épée en direction du point rouge derrière toi… voilà… il y aura un dragon en images de synthèse à cet endroit-là, donc aie l'air bagarreur… très bien… Maintenant, fais semblant de grimper aux cheveux de Diane… Diane, un petit sourire, s'il te plaît…

– Si un prince en armure était en train de grimper le long de mes cheveux, je ne sourirais pas beaucoup, Frédo !

– Épargne-moi tes commentaires, merci… Paul, un peu plus de fougue, tu vas sauver ta bien-aimée… Diane, un sourire, j'ai dit ! Pense au mariage, bon sang !

Pense au mariage. Ah oui. Le mariage vient plus tard. La dernière idée en date « trop mignonne » des créateurs de mode de Rond-Point, c'est une robe de mariée et un costume de marié taille 10-12 ans. Histoire de s'entraîner pour le jour J. On n'est jamais assez prête.

Quand Frédo m'a dit ça il y a deux-trois mois, je me souviens, j'ai trouvé ça génial. Mais maintenant, dans ma robe-meringue et mon voile, un bouquet de roses dans les mains, avec deux mini-mannequins de trois ans tenant ma traîne derrière moi, et Paul en face de moi fringué comme un pingouin, je me sens vraiment super ridicule. Flash flash flash flash fait l'appareil photo et floff floff font les pétales qui tombent du plafond en virevoltant jusqu'à nous et cuicui font les deux colombes blanches dans une cage suspendue entre Paul et moi.

Je me dis « C'est quoi ce cirque ? » et puis « Pense à l'argent, Diane, pense à l'argent » et puis « C'est une idée tordue, tordue, tordue, vraiment super tordue ».

– Diane, un sourire, voyons, c'est le plus beau jour de ta vie… voilà… Lola, regarde la caméra… Lola ? Lola ? Sois gentille, ma puce, regarde le monsieur avec le gros appareil photo… voilà…

Quand mon père vient me chercher à dix-huit heures, il me demande, comme d'habitude :

– Alors, ça s'est bien passé ?

– Très bien. Un mec que j'avais jamais vu m'a sauvée d'une tour, et puis on s'est mariés.

Papa hoche la tête, comme d'habitude, tout fier de sa petite fille modèle.

– C'est bien, c'est bien.

C'est bien.

CHAPITRE 8

Venise

Angélina a décidé que Vanessa m'accompagnerait à Venise en opération spéciale. Frédo nous a mises au courant ce matin :

– Vanessa ! Votre mission, si vous l'acceptez, sera de maquiller Diane jusqu'à ce que cet ignoble bouton soit entièrement invisible à l'œil expert de Luca Volpone.

Vanessa m'a pratiquement enfoncé la brosse à mascara dans l'œil :

– Oh là là ! Qui ça, moi ? Elle m'a choisie, moi ?

– Il paraît que c'est toi qui connais le mieux la peau de Diane, a dit Frédo.

– Mission impossible ! me suis-je esclaffée.

Si vous voulez tout savoir, mon bouton a désormais la taille, la couleur et l'aspect bosselé d'une framboise. Je plaide coupable, je l'ai encore gratté avant de me coucher. Ça lui donne du tonus.

Olympe hier soir sur Skype :

– Mademoiselle, je ne peux que complimenter votre jardinier nasal qui a réussi à faire pousser un si splendide fruit rouge sur un nez aussi délicat.

– Un engrais fertile de sébum et un labourage quotidien, ma chère, c'est la recette.

– Ma bonne amie, je vais me hâter de cultiver mon propre épiderme !

Bref, Vanessa sera ma chaperonne à Venise, prenant la place de Gaston Devienne, le responsable de mes contrats, un type à l'air effarouché, très performant dans le domaine légal, mais absolument incapable de faire disparaître un bouton.

– Je vais rencontrer Luca Volpone ! s'écrie Vanessa. C'est trop le rêve !

– T'emballe pas, ma belle, tu vas surtout rencontrer son assistante. Volpone se fiche pas mal des nouveaux mannequins, ça m'étonnerait qu'il perde son temps à auditionner Diane. Enfin, on ne sait jamais.

Giulia Tosca, l'assistante personnelle de Luca Volpone, est sa plus fidèle confidente, son esclave à domicile. Frédo m'a dit qu'elle était elle-même créatrice de mode, mais elle a tout quitté pour se mettre au service de Volpone il y a dix ans. Depuis, elle est en charge de tout ce qui ne concerne pas le maître : administration, publicité, mannequins. Volpone, lui, crée. Dans le milieu de la mode, quand on est une dame, il faut s'incliner devant le talent océanique de ces messieurs.

Vendredi soir arrive et je gratte mon bouton.

Samedi matin, 6 : 05. Dans quelques heures, je serai dans le *palazzo* personnel de Luca Volpone, le visage soigneusement repeint, prête à passer le casting le plus important de toute ma vie.

Moi et mon bouton.

Ils ne se sont pas moqués de nous, chez Rond-Point. La classe affaires, même pour un petit saut entre Paris et Venise, c'est le rêve. Des plateaux-repas débordant de mozzarella de bufflonne, de risotto au poivre et de tiramisu, et puis un minuscule expresso que Vanessa m'interdit strictement de boire :

– Ça fait jaunir les dents et ça va t'exciter.

Je suis déjà suffisamment sur les nerfs.

L'avion perce la croûte de nuages blancs et amorce sa descente vers Venise et mon estomac se retourne, pas à cause de mon orgie aérienne de plats italiens, non, il se contracte d'incertitude, d'énervement. En bas, à Venise, il y a Luca Volpone et Giulia Tosca qui cherchent une nouvelle mannequin junior. En bas, à Paris, il y a Angélina Lizard, la

Reine de la Nuit, qui attend de cet entretien un *dédommagement considérable* et se lèche les babines en pensant à ma remplaçante. Il y a aussi Olympe, voyante ultra-lucide, qui a lu dans mon bouton des nouvelles promesses d'avenir. Et en haut, dans l'avion, il y a Vanessa, qui s'angoisse à l'idée de ne pas avoir assez de fond de teint pour me rendre une apparence humaine.

Et il y a moi, qui ne sais pas ce que je veux. Un visage normal et un contrat à cinq zéros avec Volpone ? Ou un bouton révoltant et une révolution dans ma vie ?

– Mademoiselle Châtelain ? *Ciao*, je suis Paolo, l'assistant personnel de Giulia Tosca.

L'assistante personnelle de Volpone a donc un assistant personnel.

– Enchantée. Voici Vanessa, ma maquilleuse.

– *Ciao, bellissima.* Nous allons prendre le *vaporetto* personnel de monsieur Volpone, qui nous emmènera à son *palazzo*.

Il me jette un coup d'œil en coin, l'air un peu interloqué. Ses yeux sont faciles à lire, ils disent (en italien) : « C'est quoi ce bouton ? »

Vanessa s'installe à l'intérieur du bateau, mais je vais prendre place à l'extérieur, le visage tourné vers la lagune, les poumons remplis de l'odeur de la mer, les cris des mouettes dans les oreilles. Loin devant, Venise s'élève à peine au-dessus du niveau de l'eau, ses maisons roses sages comme des images. Le *vaporetto* négocie sa sortie du port et file entre les poteaux jusqu'à la ville.

Texto d'Olympe :

Si Volpone voit ton bouton, t'as qu'à lui dire que tu voulais faire honneur à la culture de son pays en te maquillant en pizza Margherita.

Mon copain le bouton réagit très bien à l'air de la mer. Il se met à puruler et une espèce de croûte noirâtre se forme sur la bordure extérieure.

– Mais enfin, Diane, tu es folle ou quoi ? Reviens immédiatement à l'intérieur ! Regarde tes cheveux, ils sont dégoûtants ! Et ta peau va

graisser ! Et ton bouton… Oh là là, mais quelle horreur !

Vanessa prend ses responsabilités très au sérieux. À peine le *vaporetto* a-t-il accosté qu'elle me pousse sur le petit ponton et demande au beau Paolo où sont nos chambres. L'assistant personnel de l'assistante personnelle nous entraîne dans les innombrables couloirs d'un gigantesque *palazzo*, l'une de ces magnifiques maisons vénitiennes les pieds dans l'eau qui ont l'air de tomber en ruines tout en ressemblant à des châteaux de Versailles en miniature. On traverse un pont qui enjambe un canal, j'entraperçois une gondole :

– Oh ! Vanessa, une gondole ! On fera un tour en gondole ?

– Un tour en gondole ! Qu'est-ce que tu crois, qu'on est là en touristes ?

Finalement, Paolo ouvre la porte d'une chambre immense avec un lit à baldaquin et des rideaux blancs qui flottent dans la brise. Il nous indique la salle de bains et repart en jetant un clin d'œil à Vanessa, qui ne remarque rien, angoissée comme elle est.

Crr, crr, elle ouvre les robinets dorés de la baignoire- douche et sort un millier de flacons de son sac.

– À la douche !

Je me déshabille en vitesse et le rituel des grandes occasions commence. Gel douche, shampoing, masque, gommage facial, gommage corporel, gel hydratant, gel énergisant, rasage des jambes et des aisselles. Et puis Vanessa me vaporise, me poudre et me sèche, m'attache les cheveux, les détache, les rattache, me coupe les ongles et se met à l'œuvre, six boîtes de fond de teint, quatre sticks et une bouteille de crème couvrante en équilibre sur les genoux.
Au revoir, bouton.

Elle a fait du bon boulot. Le bouton a disparu. On voit à peine une bosse. Le bouton a disparu. Elle m'a mis un bandeau rouge pour attirer l'attention sur mon front. Le bouton a disparu.
Mission accomplie.

J'ai un goût amer dans la bouche lorsque Paolo me conduit à Giulia Tosca.

– *Grazie, Paolo.*

Giulia Tosca est une très belle femme, grande et mince, brune et importante, une cigarette à la main, en tailleur noir. Elle parle couramment français, à ce qu'on dirait.

– Bonjour, Diane. Approche-toi, ma chérie.

Je marche lentement vers sa chaise dans la lumière tamisée.

– Tu es une très jolie fille.

– Merci, madame.

Elle souffle un mouton de fumée.

– Cela fait quelques mois que Luca et moi t'avons repérée. Autant en venir au fait : nous voulions te voir pour te proposer un contrat de deux ans.

– Merci, madame.

Elle me regarde et j'ai l'impression, pendant une seconde, qu'elle voit le bouton. Mais non, elle est juste en train de m'inspecter.

– Trois cent mille.

– Pardon ?

– Trois cent mille euros pour deux ans, sans compter les heures de shooting supplémentaires.

J'ai la tête qui tourne. Trois cent mille euros. J'ai l'impression que mon cerveau est trop petit pour concevoir l'immensité de la somme.

– Tu es assez grande pour parler d'argent, n'est-ce pas ?

– Oui, madame.

– Bien.

Elle écrase sa cigarette dans un cendrier en argent.

– Tu devras vivre en Italie et aller à l'école ici. Ton cursus scolaire ne sera pas le même qu'en France. Tu devras apprendre l'italien.

– *Si, Signora.*

Elle sourit.

– Je vois que nous avons un accord. J'enverrai les contrats à Angélina et à tes parents. Tu pourras les signer aussi, évidemment.

Elle agite une liasse de papiers et une photo tombe sur le sol. Je la ramasse pour la lui rendre. C'est une photo de mode d'une fille de mon âge, d'un roux flamboyant.

– Qui est-ce ? je demande machinalement.

Giulia jette un coup d'œil distrait à la photo, me la prend des mains, la déchire en deux et la flanque l'air de rien dans une corbeille à papiers.

– C'est Fiona, notre ancienne top-modèle junior que tu vas remplacer. Bien, ma chérie, que dirais-tu d'un petit dîner avec Luca Volpone et moi ?

CHAPITRE 9

La lagune

C'est Fiona, que tu vas remplacer.

C'est Agathe, qui va te remplacer.

C'est moi, Diane, remplaçante et remplaçable.

C'est ma photo que Giulia-Angélina a jetée dans la corbeille à papiers.

C'est la photo d'Agathe.

C'est la photo de Fiona.

C'est notre photo à toutes, nous, les top-modèles.

Vanessa est un peu déçue de ne pas être invitée au dîner, mais elle s'est consolée en sortant de la valise une robe en satin blanc avec capeline d'hermine, qu'elle a passé une demi-heure à arranger pour qu'elle tombe parfaitement sur mes hanches (inexistantes) et ma poitrine (en attente de mieux). Elle m'a fait une coiffure à la grecque, une natte enroulée autour de la tête avec des pinces et des barrettes qui me picorent le crâne. Le bouton a disparu. Il hiberne, enfoui sous une couche de fond de teint épaisse comme un manteau de neige.

– Et n'oublie pas, sois classe et polie, dis du bien de Rond-Point, n'oublie pas de mentionner Angélina, et dis oui à tout ce qu'ils te demandent, on en reparlera plus tard avec nos avocats.

– Oui, Vanessa.

– Et ne mange pas trop ou tu auras un gros ventre.

– OK.

– Et surtout, surtout, je t'en supplie, ne te gratte pas le nez.

Il est vingt heures trente. Paolo, habillé comme un majordome des temps passés, vient me chercher pour m'entraîner dans les dédales du *palazzo*. Par les fenêtres, je vois la ville que je n'aurai pas le droit de visiter parce que, ça va pas la tête, on est pas là pour regarder le paysage. On redécolle demain, voyons.

On entre dans une cour intérieure encadrée de canaux, liée au reste du *palazzo* par de petits ponts de pierre. Au milieu de la cour, une table richement décorée, des bougies et des lanternes tout autour, une armada de serveurs et de serveuses, et une dizaine de personnes debout, en grande conversation autour des canapés au caviar et des bouteilles de Champagne. Les femmes, minces comme des asperges, ont sorti leurs zibelines, les hommes leurs boutons de manchettes en nacre. C'est la haute, la très haute société.

Luca Volpone, en bleu et blanc, les cheveux bouclés, discute avec une jeune femme, probablement mannequin, vu son visage émacié, son sourire hagard, ses épaules osseuses. Il y a d'autres mannequins d'une vingtaine d'années par-ci par-là, grignotant de minuscules amuse-bouche, tenant à la main des flûtes à Champagne aussi fragiles que leurs poignets.

Alors que Paolo s'engage sur le petit pont qui mène à l'îlot, le regard de Volpone, qui errait dans le vide, s'arrête sur moi. Il me regarde, il sourit, et il s'exclame en français :

– Si je ne me trrompe pas, je crrois bien que cette rravissante petite fille est l'une de nos nouvelles mannequins !

Tout le monde se retourne et me regarde, de grands sourires aux lèvres, les yeux émus. J'entends *Que bella ! Que bella !*

Les regards vides des mannequins qui l'entourent se posent sur moi, pâles et las, fantomatiques.

Et puis je plonge dans le canal.

Dommage.

L'eau est froide, très franchement froide. Elle est glaciale. C'est l'hiver. C'est une claque d'eau qui m'accueille.

Mais l'eau est aussi silencieuse et aveugle. On n'y voit rien, là-dedans. C'est reposant. L'eau est honnête et purifiante. Elle révèle ce qui est caché. Elle fait s'écarquiller les yeux, les oreilles et les narines.

Plus d'hermine, plus de perles, plus de satin, plus de pantoufles de vair.

Juste mon corps glacial qui se repose.

Quand j'émerge, brisant la surface avec un grand sourire, un attroupement s'est formée autour de moi. Les serveurs, les serveuses, Paolo, et Luca Volpone, et Giulia Tosca, et tous les autres invités, s'agitent en italien et poussent des cris stupéfaits. Ils m'ont tous vu plonger. Ils savent. Ils savent que je n'ai pas glissé. C'était un beau plongeon.

— Mais enfin, Diane, qu'est-ce qui s'est passé ? s'écrie Giulia. Pourquoi as-tu sauté ?

Je crachote un peu d'eau et me hisse hors du canal. Ma trop belle coiffure est toute défaite et ma tresse dégouline sur mon épaule droite. Je grelotte sous la couverture que Paolo vient de me jeter sur les épaules.

– Pourrquoi, mais pourrquoi ? répète Volpone. Un liquide blanc et poudreux coule le long de mon décolleté en de délicats ruisseaux laiteux. C'est mon fond de teint qui s'enfuit.

J'attrape un coin de couverture et me frotte énergiquement le visage.

Et puis je réponds :

– Juste comme ça.

Dommage.

Il paraît que ce n'est pas la faute du bouton si Luca Volpone a annulé le contrat. Bon, d'accord, il a admis avoir été un tout petit peu dégoûté par la surprise du chef cachée sous six couches de fond de teint. Mais non, vraiment, ce qui a donné le coup de grâce à mon embauche chez Volpone, c'est ma « crise de folie ».

Vous comprenez, les mannequins sont des filles problématiques. Elles se droguent, elles sont anorexiques, elles sont mégalomanes, elles sont hystériques, paranoïaques, schizophrènes et neurasthéniques, anémiques, monomaniaques et boulimiques et hypocondriaques, sans parler du fait qu'elles sont aussi, en général, névrosées, incontinentes, en aménorrhée permanente, frappées d'hypertension et d'insuffisance cardiaque, quand elles ne sont pas kleptomanes compulsives, suicidaires, narcoleptiques ou tout simplement mythomanes.

Alors vous voyez, dans le milieu, on n'a pas de temps à perdre avec une mini-mannequin parisienne qui se jette, sur un coup de tête, dans la lagune du *palazzo* d'un empereur de la mode, plouf la tête la première et avec une hermine autour du cou, tout ça pour qu'il découvre, sur son nez, un bouton. Si à onze ans, on est comme

ça, impulsive et foldingue, alors à seize ans on est une fille perdue, on sniffe de la cocaïne avant chaque défilé et on sort avec des icônes du rock dézinguées.

Luca Volpone a dit non, il ne veut pas de ça pour son image de marque, désolé, il veut des filles saines, des filles propres, des filles minces, des filles dociles et gentilles.

Et sans bouton s'il vous plaît.

– Comment, mais comment as-tu pu nous faire ça ?

Vanessa pleure dans le *vaporetto*. Je suis un peu triste pour elle. Elle a l'impression d'avoir fait quelque chose de mal, d'avoir failli à sa mission. Elle croit que c'est de sa faute si je me suis jetée dans le canal. Elle en veut à son fond de teint de n'avoir pas résisté à l'eau vénitienne.

– T'y es pour rien, Vaness', lui dis-je pour la réconforter. J'ai pété un câble, c'est tout.

Faux. Je n'ai pas pété un câble. Au contraire. Pour

la première fois, deux câbles sont entrés en contact dans mon cerveau et le message est passé, limpide. *STOP*. Pauvre Vaness', c'est pas sa faute. C'est la faute d'Olympe, du mariage, du poney triste, du *dédommagement considérabl*e, et par-dessus tout, du bouton.

Mais les adultes ne comprendraient pas.

– Tu as laissé passer la chance de ta vie, Diane, tu t'en rends compte ? chouine Vanessa.

– Oui, c'est dommage.

– C'est dommage ? *C'est dommage ?* Comment est-ce que tu peux dire ça avec autant d'indifférence ?

Je hausse les épaules.

– Tu ne resteras pas avec nous chez Rond-Point, renifle Vanessa. Ils ont déjà trouvé quelqu'un d'autre.

– Je sais.

– Et après cet épisode, ils vont sûrement résilier ton contrat et tu ne seras pas la mannequin automne-hiver de l'année prochaine.

– C'est dommage.

Elle me regarde comme si je sortais de l'asile. Et puis elle se tait, et on accoste à l'aéroport.

Arrivederci, Venezia.
Arrivederci, Volpone.

Épilogue

Le bouton est parti.

Quand je me suis réveillée ce matin, il n'était plus là, il n'y avait plus qu'une faible rougeur, une toute petite inflammation.

Ça faisait quatre, cinq jours qu'il me disait au revoir et que j'avais arrêté de le triturer. Il s'était affaibli, il s'était rabougri, il s'était terni. Il n'était plus le même. Moi non plus, je ne suis plus la même.

D'après Olympe, qui squatte ma chambre dès que l'occasion se présente, Mamie Angélina est en négociation avec des tas d'avocats pour voir si

Rond-Point peut rompre mon contrat sans avoir à verser encore plus d'argent que d'habitude sur mon compte en banque. Elle veut tout annuler « pour faute grave ». Les avocats lui ont dit que plonger dans l'eau glaciale de Venise, à onze ans, aurait certainement pu être grave, mais que ce n'est pas vraiment une faute. Angélina trépigne. Le dédommagement considérable est considérablement endommagé.

Le psychologue pour enfants que j'ai vu en urgence le lendemain de mon retour a diagnostiqué une crise de nerfs, un ras-le-bol général. Il m'a prescrit une bonne semaine de repos.

Je me repose donc.

Je découvre le spectacle de la rue depuis ma fenêtre, mon reflet dans la glace les cheveux en bataille, les tablettes de chocolat aux éclats de noisettes, les programmes débiles à la télévision, le plaisir de bouquiner dans un pouf. Je viens de finir *Hamlet* et je comprends très bien pourquoi Agathe voudrait pouvoir l'incarner.

Je découvre les après-midi zen à faire des trucs pas importants. Olympe est passée tout à l'heure, on a joué aux cartes, on a fini deux paquets de chips, on a fait une bataille de peluches. On a aussi organisé une cérémonie d'enterrement pour mon bouton. On s'est habillées en noir, on a mis le *Requiem* de Mozart et Olympe a dessiné une petite croix au feutre au bout de mon nez en disant :

– Repose en paix, cher bouton. Nous ne t'oublierons jamais.

Et c'est la vérité. Quand Olympe est partie, j'ai rangé dans un tiroir toutes les photos de moi qui étaient affichées dans ma chambre. Ça fait du bien de ne plus être assaillie par sa propre image au sourire figé et photoshoppé dès qu'on ouvre les yeux.

Je les ai remplacées par des photos ordinaires imprimées sur papier photo de base. Pas de maquillage ni de vêtements ultra mode. Moi à Amiens, à cinq ans, avec un trou à la place des dents de devant. Olympe et moi tirant la langue dans le miroir. Moi et ma grand-mère, toute fripée. Ma cousine Charlotte et moi les pieds dans les vagues de la mer du Nord, chair de poule et cuisses rouges. Ma mère sur une chaise longue en train de bouquiner, son gros ventre en contre-plongée.

Des vraies photos de vraies filles. Des filles entières, vivantes, rigolardes. Naturelles, quoi.

Bientôt sans doute, j'aurai un nouveau bouton.

Table des chapitres

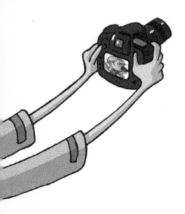

Clémentine Beauvais

C'est en 2010, alors qu'elle est seulement âgée de vingt ans, que Clémentine Beauvais envoie son premier texte aux Éditions Talents Hauts, qui l'acceptent aussitôt. Depuis, elle a publié plus de quinze livres, dont plusieurs ont été récompensés par des prix. Sa plume vive et moderne fait également mouche sur son blog et sur les réseaux sociaux, où elle est très active.

Clémentine Beauvais vit en Angleterre et travaille à l'université de York : elle y est enseignante-chercheuse en éducation et littérature anglaise.

Vivilablonde

Vivilablonde a toujours dessiné : d'abord sur les pages de ses cahiers, puis parallèlement à son métier de graphiste en édition, publicité, presse… pour toujours garder un crayon dans la main. Enfin, à plein temps, afin d'affiner son style et son propos. Aujourd'hui, elle mêle avec bonheur les projets de graphisme et d'illustration pour la communication, la presse ou l'édition, adulte ou jeunesse.

Esther et Mandragore,
une sorcière et son chat

Sophie Dieuaide,
ill. Marie-Pierre Oddoux

Événement à l'école des sorcières : Esther, élève de première année, a reçu le Premier prix de Curiosité ! Elle gagne un laissez-passer pour l'Autre monde, celui des humains. C'est Mandragore, son chat doté de la parole, qui va être content, lui qui ne pense qu'à faire la sieste ! D'autant qu'il leur faut aider Zoé à retrouver son chat perdu. Et, même si c'est interdit, quelques tours de magie ne seront pas de trop !

Achevé d'imprimer en France par CPI en avril 2016
N° d'impression : 134930